Kapitel 1
Dies...
... ist die Geschichte über die 49 Tage...
... bevor sie von hier Abschied nahm.

Someday I'll Fall Asleep
Kapitel 1

Story: **Inujun**

Zeichnungen: **Saho Tenamachi**

Aus dem Japanischen von Martin Bachernegg

Inhalt

Kyoto
Fushimi-Inari-Großschrein
Okay…
… Lächeeeln!
HASP
Mmh, lecker!
Deine Oma weiß echt, was gut ist.
Ja.
Der Laden war ein toller Tipp.

Reisen ist ihr Hobby...
... nicht wahr?
Ja.
Aber im Moment ist sie leider im Kranken-haus.
Hotaru Morino
11. Klasse Oberschule
Sag mal, Hotaru...
... wieso hast du die ganze Zeit die Hand am Kopf?
Oh...
Ich hatte...
... keine Zeit, meine Bettfrisur zu richten...
Nja-ha-ha-ha!!!
U...Und ich wollte nicht auf allen Fotos vom Schul-ausflug...
... mit abstehenden Haaren drauf sein.
Ach Mensch ...
... sag das doch gleich! Ich hab da schon 'ne Lösung!

SWT
SWT
SWT
Sorry.
Kein Grund, dich zu entschuldigen.
Im Gegenteil! Du bist immer viel zu zurückhaltend!
Und das bei jedem!
M…
Meinst du?
Wenn du so weitermachst…
… kriegst du noch komische Verträge oder »magische« Krüge aufgeschwatzt. Oder du endest unfreiwillig als Magical Girl!
I…Ich werd aufpassen.
Magical Girl?
Du darfst echt ruhig mehr aus dir rausgehen, Hotaru.
Mich würde das auf jeden Fall freuen.
Ich bin schließlich deine beste Freundin.

Na bitte!
Sieht doch gleich besser aus!
STREICHEL
Jetzt hast du einen Haarkranz, so wie ich.
Ich hab Shiori ...
... wahnsinnig lieb.
GNN
Oho! ♡
Oh! Was geht denn hier ab?
Lasst mich mitmachen!
WAPP!!

ZOSCH
Sag mal…
Fall uns nicht plötzlich um den Hals!
Hotaru kriegt noch 'nen Herzanfall!
GRRRP
Wa…! Schon gut, schon gut!
… spinnst du, Ren?!
Yo!
Warum so sauer?
Ich wollte eben auch dabei sein!
Wir drei sind schließlich beste Kumpels!

GWAPP
Oder, Hotaru?
NICK
NICK
Oh, du hast ja ’ne neue Frisur!
Damit wirkst du gleich ganz anders.
Is’ echt hübsch!
FLIMM
Danke…

Ich hab gesagt, du sollst das sein lassen…
… du Grapscher!
Guarch!!!
WOCK
Flossen weg von Hotaru!
おみやげ
Ach?
* Souvenirs
Shiori hat dir die Haare gemacht?
Unsere zukünftige Stylistin hat's eben drauf.
Süß, oder?
Tja, aber Hotaru ist ja sowieso süß!
Stimmt doch gar nicht.
Aber du schaffst es sicher locker an die Fachschule in Tokyo.
Na, ich weiß nicht…
Hör auf! Mir tut auch schon der Bauch weh!
Die schrecklichen Aufnahmeprüfungen!
Ah! Ich krieg sofort Bauchweh, wenn ich an nächstes Jahr denke.

* In Japan beliebte Fernsehkrimiserie, die seit 2000 läuft; Polizeikommissar Ukyo Sugishita ist die Hauptfigur.

** jap. öffentlich-rechtlicher TV-Sender *** jap. Privatsender

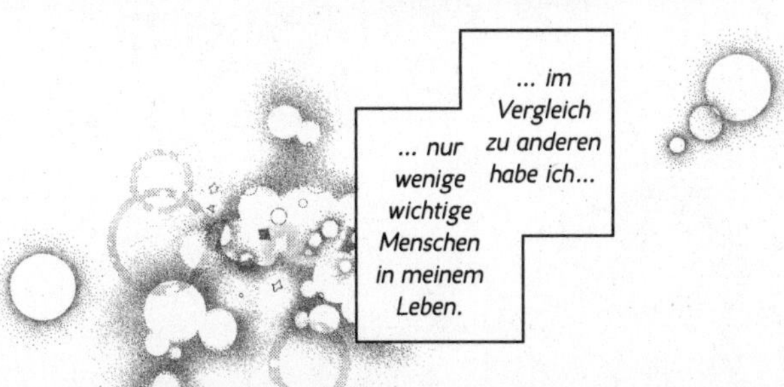

Da sind meine Familie…
… und meine beiden besten Freunde.
Und solange sie glück-lich…
… und an mei-ner Seite sind…
… bin auch ich glücklich.
Ich werde auch nach Tokyo gehen.

Ich bewerb mich an irgendeiner Uni in eurer Nähe.
So können wir weiterhin zusammen sein, oder?
Na sicher!
Bist du entzückend!
GLOMPSCH
Juhu!
Aber…
… ist das wirklich okay für dich?
Als ich mal gesagt hab, dass ich nicht wüsste, ob ich allein in Toyko überlebensfähig wär…
… war das eigentlich als Scherz gemeint.
Was? Das war ein Scherz?
Dein Leben gehört dir, Hotaru.
Du musst dich nicht nach uns richten.

Keine Sorge, ich möchte das wirklich.
Oh, schau, ist das niedlich!
Es hält ein Bonbon!
Total! Wollen wir uns alle eins holen?
Versteh echt nicht, was ihr Mädels daran niedlich findet.
Das Häschen erinnert mich an dich, Hotaru.
Oh, und das Hündchen sieht aus wie Ren!
THE SOUTH FACE
Dann muss dieser Berggorilla wohl Shiori sein.

War nur ein Witz! Ein Witz, okay?!
Hier, du bist das süße, kleine Kätzchen...
Zu spät!
Irgendwie hab ich ein Déjà-vu...
Hört doch auf, nicht vor all den Leuten...
Hey, unser »Ehepaar« zieht wieder 'ne Show ab.
Nicht mal auf'm Ausflug wird denen das zu blöd.
Und die sind immer noch nicht zusammen?
Kaum zu glauben. Die kennen sich doch schon ewig.
Die beiden...
... nehmen den größten Platz in meiner Welt ein.

Ich glaube...
... ich bin in Ren verliebt.
Doch das...
... werde ich ihm bestimmt niemals sagen.
Denn Shiori...
... ist mir genauso wichtig.

Alles soll so bleiben, wie es ist.
Ich möchte nicht, dass sich irgendwas verändert.
Ich will nicht, dass es zu Ende geht.
Vielen Dank, beeh-ren Sie uns wieder!
Aber...
Komm schon, machen wir ein Foto!
Ruhe jetzt. Erst gehen wir raus.
Wow, so grob.
... wenn die beiden mal ein Paar werden sollten...
... hoffe ich, dass ich mit ih-nen befreundet bleiben kann, ohne zu sehr zu stören.
Ja...
... das wird schon klappen.
HFF
Ich wünsch ihnen nur das Beste.

Denn ihr Glück...
... ist auch mein Glück!
Hotaru!
Lieber Gott...
... bitte sorg dafür...
... dass dieses Glück...
... für immer und ewig anhält.

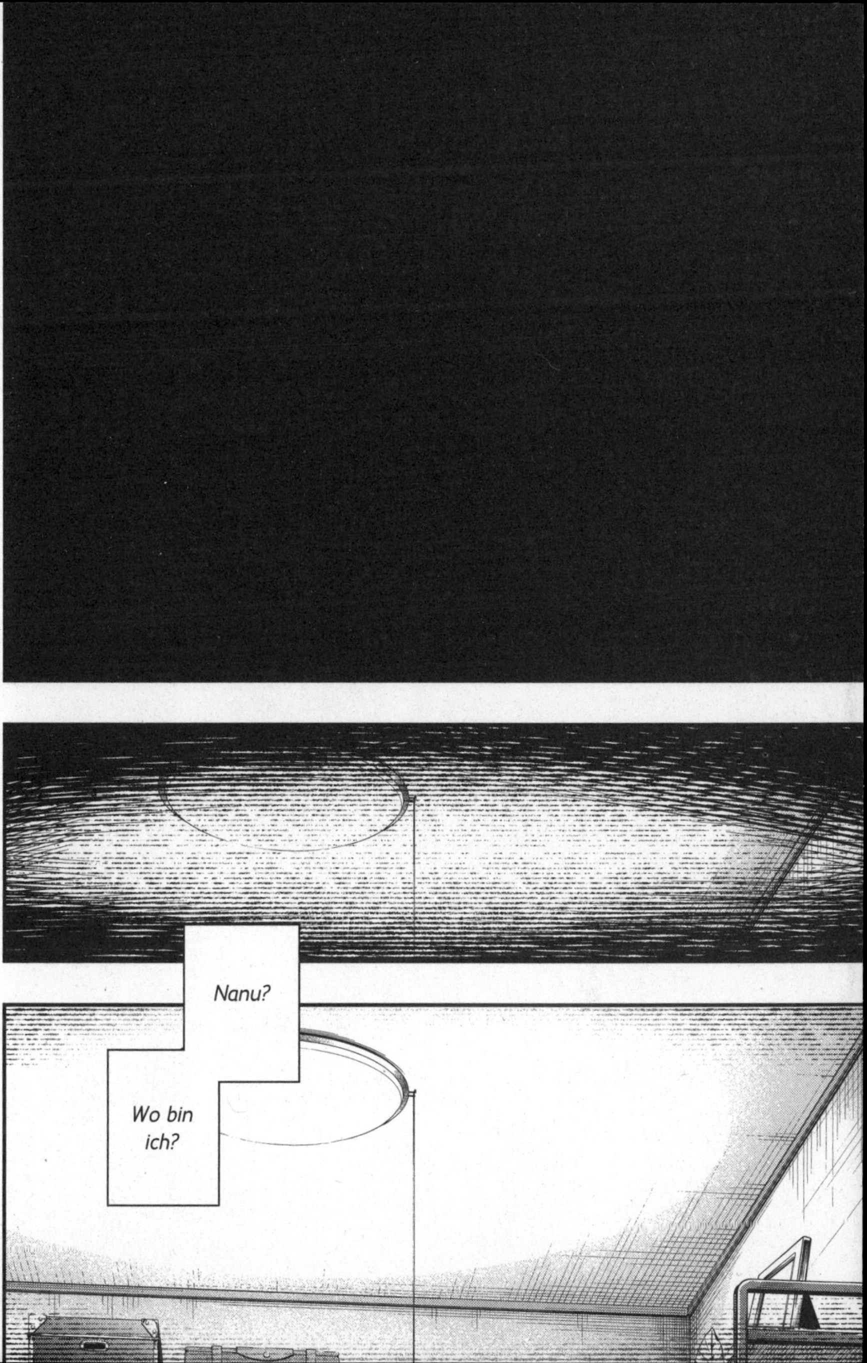
Nanu?
Wo bin ich?

WAPP!
Wie kann das sein? War ich nicht...
Zu Hause?
Das ist mein Zimmer.
Ähm...
Wo war ich eben noch? Und wer war bei mir?
Ich kann mich nicht mehr erinnern.
SCHAUDER
Ah, du bist wach.
!

Hotaru
Morino,
richtig?

W...
Wer ist das?!
WUSCH
Was mach ich überhaupt hier?!
TAPP
Etwa ein Einbrecher?!
Oh nein! Bitte nicht!
Mitten am Tag?
Ist außer mir sonst noch jemand zu Hause?!
!
Mama!
Lauf schnell weg!
Da ist jemand, schwarz gekleidet wie der Sensenmann, und der...

SS
ST
Hä?
Wen nennst du hier »Sensenmann«?
Wirf mich nicht mit diesen Hyänen in einen Topf.
GRAPP
Jetzt hör mir mal gut zu.

Du bist tot.
...
Das... kann nicht...
Oh...
... ich hab's.
Schon klar.

Das ist alles nur ein Traum.
Ich bin dein Seelenführer…

... und ich bin hier, um dich ins Jenseits zu geleiten.
Ein ganz schlimmer Albtraum.

TSCHIRIINK
Ähm, Herr Seelenführer …
… ist das denn wirklich nötig?
BWOOOO
Auch noch vor meiner Mutter?
Was kümmert mich das?
Ich habe bloß keine Lust, dass du wieder davonläufst.
Außerdem kann sie dich gar nicht sehen.
Du bist jetzt ein Geist.
Das kann nicht sein.
Was träum ich denn für einen Quatsch?
Ist das etwa ein unbewusster Fetisch von mir?
Oh Mann …

U...Und wie bin ich dann eigentlich gestorben?
Ich weiß nämlich nichts davon.
Meine Erinnerungen sind überhaupt ganz verschwommen.
Du wirst dich bald wieder erinnern.
Ist eine Nebenwirkung deiner Geistwerdung.
Das kommt manchmal oft vor.
Wie jetzt?
Manchmal oder oft?
Nun hör zu!
ZWUPP
ZUCK
Auch als Geist hast du eine Aufgabe zu erfüllen.
Und zwar musst du dich...
... von drei Seelenlasten befreien.

Seelenlasten?
Mir persönlich ist es zwar unbegreiflich...
... aber unter jenen, die ihr Leben aushauchen...
... gibt es viele, deren Seelen im Tod keinen Frieden finden...
... weil eine unerledigte Sache auf ihnen lastet.
Ohne sich von dieser Last zu befreien, können sie nicht ins Jenseits übergehen.
Die Aufgabe von uns Seelenführern ist es, bei der Beseitigung dieser Lasten zu helfen...
... und die Seelen sicher zu überführen.
Du scheinst noch mit drei Personen etwas klären zu wollen.
Du musst dich selbst erinnern, worum es dabei geht.
Ich werde dir nur sagen, wer die Personen sind.

Drei Personen?
Wen meint er bloß? Ich kann mich null erinnern.
Du hast 49 Tage Zeit.
Du bist gestern gestorben, also bleiben dir noch 48 Tage.
Wenn du dich bis dahin nicht von deinen Lasten befreit hast...
... dann bleibt deine Seele ans Diesseits gefesselt...
... und wird zu einem Phantom.
Hä? So was wie ein Gespenst?
Du wirst sehen, das sind widerwärtige Ungeheuer.
Sie auszutreiben gehört ebenfalls zu unserer Arbeit.

Sie fressen die Seelen jener, die daran arbeiten, ihre Lasten loszuwerden...
... und erlangen so die Energie, um weiter zu existieren.
Also lass dich nicht von ihnen erwischen.
Gut...
Genug geredet. Gehen wir.
Wenn du trödelst, bleibst auch du ans Diesseits...
Oh, entschuldige.
Du bist ja schon gefesselt.
Ich mache dich gleich los.
GRIEN
Viel Nettigkeit brauch ich von ihm wohl nicht zu erwarten.
Aber in dem Fall...
Kuro.

Darf ich dich »Kuro« nennen? Ich meine…
… du bist immerhin pechschwarz angezogen.
Hä?
TSCHACK
Du bist ja seltsam.
Meinetwegen.
Sag mal, hast du gar keine Angst mehr? Eben warst du noch so panisch.
Die meisten brauchen viel länger, bis sie sich beruhigt haben.
Nein, ich seh ja in deinem Gesicht…
… dass es dir ernst ist.
Und das ist sowieso nur ein Traum.
In meinem Gesicht?
Kannst du etwa meine Gedanken an meinen Gesichtsmuskeln ablesen?

Nein, das nicht, aber zumindest…
… erkenne ich, ob es jemand ernst meint oder nicht.
Du bist ein komischer Mensch.
Aber was soll's. Gehen wir.
KLACK
Die erste Person, mit der dich eine Last verbindet…
… heißt Taki Fukushima.
Deine Großmutter.
Wa…?!

北上病院*
* Krankenhaus Kitakami
TA TA
TA TA
Sie ist weg.
TAPP
Wo ist sie bloß?
Ich finde sie nir-gends!

Weißt du, wo sich Taki Fukushima aufhält?
Ja…
Gut, das erleichtert die Sache.
Dann werde ich kurz meine Vorgesetzten informieren, dass du wach bist.
Begib dich alleine zu ihr.
Wir sehen uns.
Hä?!
Warte mal!
U…Und was mach ich, wenn ich bei ihr bin?
Wenn Mama mich nicht sehen konnte…
… können mich doch andere Lebende auch nicht sehen, oder?
Ähm…
… aber wird sie da nicht einen Riesenschreck kriegen?
Ich bin schließlich tot.
Keine Sorge.
Für die, bei denen es um eine Last geht, bist du sichtbar.

* Einzelzimmer

* Feuerlöscher

Bist du vielleicht auch ein Geist?
Hä?
Ähm...
... ja.
Juhuuu!
Endlich mal wieder ein anderer Geist!
Bist du wegen deiner Seelenlast hier?
Ja, genau.
Ich auch!
Ich freu mich echt, dass du da bist!
Äh, freut mich auch...
Komm mit!
Ich zeig dir meinen Lieblingsort hier!
Uwah!
WUSCH

Schön hier, findest du nicht?
Immer wenn ich einen neuen Geist treffe, bring ich ihn hierher.
Echt ein liebes Mädchen ...
Und, der wievielte Tag ist es bei dir?
Erst der erste.
Ach nein, der zweite. Ich bin ja gestern gestorben.
Oh, da hattest du ja Riesenglück ...
... dass du dich sofort an deine einzige Last ...
... erinnert hast.

Na ja, worum's geht, weiß ich nicht.
Kuro…
Mein Seelenführer hat mir nur die Person genannt…
… mit der ich hier…
Hm? Moment mal…
Da stimmt doch was nicht.
Meine »einzige Last«?
Aber mir wurde gesagt, ich hätte drei.
?
Komisch.
Normalerweise ist es nur eine.
Was?
Und dass dir dein Seelenführer die Person verrät…
… kann auch nicht sein.
Den Menschen zu finden ist doch der Schlüssel, um die Last zu beseitigen.

Mit deinem Seelenführer ist irgendwas faul!
Der führt dich hinters Licht!
TAPP
Außer-dem…
… ist in dem Zim-mer niemand mehr…
… denn die alte Frau, die dort lag, ist bereits gestorben.
…
Nein…
Doch.
Ich hab's gesehen.
SWT

Mitten in der Nacht hat sich ihr Zustand plötzlich verschlechtert.
Auf einmal spuckte sie Blut und litt fürchterlich.
Irgendwann hatte sie keine Kraft zum Atmen mehr ...
... und starb ganz leise und mutterseelenallein.
...
Das kann nicht sein.
Was hat das zu bedeuten, Kuro?
Nein, das ist ...
... nur ein Traum ...

SWT
Keine Angst.
Sei unbesorgt.
Hä?
SCHLUCK
Hi...
FWOMM
?!
KRIK
Hihihi...
KRRK KRRK KRRK

Hahahahah-
ahahaaaah!!!
Reeeinge-
faaallen!!!
FWUOMMM
Sie ist... ein
Monster!
Bi...
Bist...
... du
etwa...

... ein Phantom?!
Erraaaten!
Hihi, das merkst du erst jetzt? Bist du dääämlich!
Und dann läufst du auch noch ohne Beschützer rum!
GRAPP
Hrk!
Ganz schön unvorsichtig für so ein reines Seelchen wie dich!
Du bist zum Anbeißen!
Ach ja, zum Abschied ein kleiner Rat!
Nicht dass du in meinem Bauch noch viel davon hättest...
... aber lass dir eines von mir gesagt sein.
GRRRP
Versuch besser gar nicht erst, dich von deiner Last zu befreien.

?!
Diese Regel haben die Seelenführer erfunden, und die wissen nichts über uns Menschen.
Und weißt du...
... selbst wenn du deine Last loswirst...
... vergessen die Lebenden doch sowieso wieder alles!
Huah!
Was hat denn das für einen Sinn?!
Sich mit seiner Last zu beschäftigen bringt nur Schmerz.
Wir sind und bleiben für immer allein.
Ha...!
Sie weint...

DRÜCK
Hä...?
Was...?
Lass los!
BWASCH
Ah!
Versuchst du, dich einzuschmeicheln?
Das bringt dir nichts. Ich lass dich nicht laufen.

Du bist nämlich meine erste Mahlzeit seit Langem!
GRA
Au...!
PP
Ich will noch nicht verschwin-den.
Ich muss ...
... noch länger auf dieser Welt bleiben!
WTT
Also bitte...
... sei mein Futter!!!

Hey, du Scheußlichkeit...
... du wirst schön die Finger von meiner Kundschaft lassen.

Kapitel 2

Hey, du Scheußlich-keit...
... du wirst schön die Fin-ger von meiner Kundschaft lassen.
Kuro...!

Tritt zurück, Hotaru Morino.
Nur keine Sorge.
Es ist im Nu vorbei.
Ver-damm-ter...
... Seelen ... ...füh-rer!

SSMM
SS
SWA
SCH

Eine Sense?!
Also ist er doch der Sensen-mann?!
Sprich deine Gebete...
... untote Kreatur!
ZZZA
ZSCH

Guoo
Ooh!
Guoo Ooa Aa Aaaah!
SRSS
Ver...
...fluchter...
...Seelenführer!
KRACK
KRACK
Was...
Was verstehst du Aas schon von uns Menschen?!

KRAKRIK
Ich hätte so gerne länger gelebt!
PRAKRACK
PRAKRACK
Wenigstens so lange wie die da!
Ich wollte zur Schule gehen...
... und Freunde finden...
Wir kennen uns zwar nicht, aber gute Besserung!
Komm schnell wieder zur Schule!
Die 5-A wartet auf dich!
Liebe Toshiko!
... aber nicht einmal so ein normales Leben durfte ich haben!
Also lass mir...
SSWOOOOO
Lass mir zumindest das hier!
SWT
Ruhe jetzt.
Verschwinde endlich.

GRP

?!
Was soll das...
... Hotaru Morino?
Lass los.
Bist du noch bei Trost? Was denkst du dir dabei?
I...Ich weiß nicht, ich bin einfach automatisch...
Ist es echt notwendig, einem kleinen Mädchen so was anzutun?!
Bitte?

Dir ist wohl nicht ganz klar, was sie gerade mit dir vorhatte.
GUARCH
D...
Doch, ich weiß ja!
Und ich bin dir auch wirklich dankbar für deine Hilfe.
Aber...
... sie war doch auch mal ein Mensch.
Ha...!
V... Vielleicht hatte sie...
... ein richtig schweres Leben.
Und vielleicht lag deshalb ein Wunsch auf ihrer Seele...
... der so groß war, dass er sich in 49 Tagen einfach nicht erfüllen ließ.

Kannst du ihr denn nicht zumindest in ihrem allerletzten Moment auf Erden...
... einen sanfteren Abschied bereiten?
Du bist wirklich...
... ein gutmütiges Dummerchen.
Aber...
... danke schön.
Ich fühle mich glatt...
... ein wenig erlös...

TWOSCH
Glaubst du, du hast Zeit…
… für Mitgefühl?
In 48 Tagen könnte dir das Gleiche blühen.

SRSS
16 Jahre.
Was?
So lange irrte sie als Phantom umher.
Genug Zeit, um sich in ein Monster zu verwandeln.
Und ihrer wilden Gestalt nach zu urteilen...
... dürfte sie einige Geister gefressen haben.
Phantome verlieren nach und nach ihre Menschlich-keit...
... und werden immer weiter vom Hass auf die Lebenden zerfressen.
Schließlich beginnen sie Geister zu fressen...
... um im Diesseits weiterexis-tieren zu können.

Trotzdem …
… hat sie geweint.
»Wir sind und bleiben für immer allein.«
Und… was wird jetzt aus dem Mädchen?
Ich habe es ausgetrieben.
Es wird nie wieder auftauchen.
Kommt es… in den Himmel?
Wo denkst du hin?
Dann…
Willst du das wirklich wissen?
Phantome erwartet eine Hölle, die menschliche Vorstellungen bei Weitem übersteigt.
…

Sobald du dich brav von deinen Lasten befreit hast...
... bringe ich dich ins Jenseits.
Keine Sorge, es ist kein übler Ort.
Doch solltest du trödeln und zum Phantom verkommen...
SWOSCH
... bringe ich dich eigenhändig um.

Ob ich dich dabei leiden lasse...
... oder nicht, hängt ganz von dir ab.
Also stelle dich mir nie wieder entgegen.
Okay...
SSSM
Gut, dann gehen wir.
Deine Angelegenheit mit Taki Fukushima...
!
Ach ja! Oma!
Was denn?
Ähm...
Das Phantommädchen meinte...
TRÄN
... dass meine Oma gestorben sei.

Diesen Ungeheuern darfst du keinen Glauben schenken.
HAACH
Du kannst beruhigt sein.
Sie wurde lediglich entlassen.
Sie ist bei sich zu Hause.
Was?
Ich weiß zwar nicht, was es dir erzählt hat...
... aber es war bloß eine Lüge, um dich...
... zu verunsichern und leichter fressen zu können.
Ach...
... bin ich froh!

Sobald du deine Lasten abgelegt hast...
... wirst du sie doch ohnehin nie mehr wiedersehen.
RUBB
Schon, aber...
... ich freu mich trotzdem.
Ich verstehe das nicht.
Ich möchte schließlich, dass die Menschen, die mir wichtig sind, noch lange weiterleben.
Ärgert es dich gar nicht, dass sie leben, während du tot bist?
Ihr Menschen seid doch viel egoistischer...
Was?
ZUCK

... und ihr schreckt auch nicht davor zurück...
... andere zu hintergehen, wenn es darum geht, eure eigenen Begierden zu stillen.
ZUCK
Hm...?
Aber es sind doch nicht alle so.
Vielleicht hattest du bis jetzt einfach nur Pech mit deinen Schützlingen.
Ich...
... mache diese Arbeit nun seit gut 200 Jahren...
... und bisher waren alle gleich.
Hä...?

Und bei dir wird es nicht anders sein...
... sobald du dir deines Todes bewusst wirst.
...
Heute ist es schon spät.
Wir werden morgen zu Taki Fukushima gehen.
Ich habe dir ein Obdach eingerichtet.
Obdach?
Ein vorübergehender Schlafplatz für Geister...
... die keinen Ort mehr haben.
KRIK

Wow...
... das hat ja einen... sehr rustikalen Charme.
Und kein Dach.
Temperatur oder Sonnenlicht hat keine Auswirkung auf Geisterkörper.
Und auch Regen dringt nach etwas Gewöhnung durch dich hindurch.
Kuro, kannst du etwa Gedanken lesen?
Nein, aber nach 200 Jahren kennt man das Schema.

Verste-he...
PLOFF
Oh!
Ist gar nicht mal so ungemütlich.
Boah!
Meine Haare sind ganz durcheinander.
シュル
SWFF
Moment mal...
Wie bin ich überhaupt...
... zu dem Zopf gekommen?

Was ist? Warum schaust du so verdattert?
Ich meine, du wirkst ohnehin abwesend, aber…
Mein…
… Zopf…
Hä?
Ich kann ihn nicht mehr flechten.
Ich weiß nicht, wie's geht.
Ich glaube, irgendjemand muss mir diese Frisur gemacht haben.
Aber ich kann mich nicht erinnern.
Und trotzdem kommen mir irgendwie…
… die Tränen.

Was weiß ich?
HNG
Ich verstehe nichts von menschlichen Gefühlen.
Geistertränen sind übrigens die Leibspeise von Phantomen.
Je mehr du weinst, desto stärker lockst du sie an.
Ach so… Tut mir leid.
Kein Grund, dich zu entschuldigen.
Es gehört ja zu meinen Aufgaben, sie auszulöschen.

Und mit einer Heulsuse wie dir habe ich sogar einen noch besseren Köder.
Also weine ruhig, soviel du willst, wenn du bei mir bist.
GRIEN
Versucht er etwa, mich auf seine Art zu trösten?
Gehorche mir, sonst bringe ich dich um!
Nein, wohl eher nicht.
Allerdings habe ich um das gesamte Dach einen Bannkreis gegen Phantome errichtet...
... also wird dich niemand im Schlaf angreifen.
Leider.
BAH

Danke.
RASCHEL
Wo hab ich denn ein Taschentuch?
Ah!
FWUPP
Hey.
Verstreu hier nicht dein Zeug.
KULLER KULLER
Entschuldige...
Hm?
Was ist das denn?

Es ist immer das Gleiche mit dir, Hotaru!
Dieser blöde Kram...
Mach es ab!
Aber... Shori!
Hört doch auf.
Die andern schlafen alle...
Nein!
Wie sollen wir denn so befreundet bleiben?!

Hotaru...
Wie kannst du nur...?
Ist dir denn [redacted] völlig egal?!
Shiori!
Na, dann sag doch auch was dazu, Ren!
...
Ich...

Ich…
TWOMM
Uwah!
Was ist jetzt los?!
KATANG
KATANG
GATANG
Hä?!
Was… Was ist denn plötzlich…?!
Waaaaaaaaaaaaaaaaaah
GA
KRRRRNK
KRRRNK

RIST BUS

Jetzt weiß ich es wieder.
Das ist kein Albtraum.
Dort im Bus...

... bin ich...
... tatsächlich gestorben.

Toshiko Takemoto

Alter zum Todeszeitpunkt: 11 Jahre
Todesursache: Krankheit
Seelenlast:
Wünschte sich, zumindest ins Oberschulalter zu kommen und einmal auf dem Heimweg nach ihrer Schul-AG mit Freunden zusammen bei einem Minimarkt vorbeizuschauen. Sehnte sich nach dem, was sie vom Fenster ihres Krankenhauszimmers aus sah.

Trägt keinen Kimono, sondern einen Krankenhauskittel.

Kapitel 3
Wie wir gestern berichteten…
VE Nachrichtenstudio
… kam es auf der Tomei-Autobahn in der Nähe des Verkehrsknotens Hamamatsu zu einer Massenkarambolage.
Nun ist die Identität der Toten und Verletzten geklärt.
Massenkarambolage auf
Tote auf Heimweg von Klassenfahrt
Unter den Toten befinden sich mehrere Schülerinnen und Schüler der Tsukugaoka-Oberschule…

18:20
Inujungram
shiori-0908
Gefällt hotaru-dayo* und anderen
shiori-0908 Auf dem Sommerfest!
Alle 28 Kommentare anzeigen
hotaru-dayo* Danke fürs Helfen bei Kimono und Frisur!
Kapitel 3

Jetzt weiß ich es wieder.
Sie scheint sich erinnert zu haben.
Ich...
... bin gestorben.
Sie begreifen zwar, was der Tod bedeutet, doch viele von ihnen können ihn nicht akzeptieren.
Das ist der Punkt, ab dem es wirklich schwierig mit Menschen ihres Alters wird.

Bleibt zu hoffen, dass sie nicht allzu viele Scherereien macht.
Kuro...
... wer aus dem Bus...
... ist sonst noch gestorben?
Sind Shiori Yamamoto und Ren Otaka am Leben?!
Geht es ihnen gut?!
Hä?

Alle anderen außer dir sind wohlauf.
!
Wirklich?
Ein Glück…

GRAPP
Bist du wirklich ein Mensch?
Wie kannst du nur so ruhig bleiben?
Bei Taki Fukushima hast du genauso reagiert. Schluss damit!
Sei ehrlich!
Was führst du im Schilde?
Ich versteh nicht...?
Ich kenne euer wahres Wesen...
... denn als Geister hält euch kein Stolz und keine Scham mehr!

Ihr Menschen seid...
... viel schändlichere Kreaturen.

Ich fühle wirklich so, ehrlich.
...
SWT
Oh, wenn es allerdings...
... andersherum wäre...
... wäre ich wahrscheinlich nicht so ruhig.
Wie meinst du das?
Na ja, wenn ich am Leben wäre...
... aber die zwei dafür tot.

Und wenn sie als Geister zu mir kämen…
… dann würde ich sie ihre Lasten nicht beseitigen lassen.
Ich würde mein Leben geben, um sie wieder lebendig zu machen.
HAACH
Du spinnst.
Als ob das möglich wäre.

Ich bin glücklich...
... wenn meine liebsten Menschen glücklich sind.
Ich hänge nicht an mir selbst.
Hnf.
Ich werde dich schon noch durch-schauen.
Niemand entledigt sich seiner Last, ohne seine wahren Gefühle zu offenbaren.
Geh für heute schlafen.
Bei Tages-anbruch brechen wir auf...

... zu Taki Fukushima.
Wir gehen echt zu Fuß.
Nach der fantasy-mäßigen Sense hatte ich was anderes erwartet.
Ich fahre auch mit der Bahn oder dem Bus, wenn es sein muss.
Wir gehen diesmal zu Fuß, weil wir es nicht weit haben.
Nein, wie gesagt ...
... es gibt da ein Schema.
Hast du etwa wieder meine Gedanken ...

Übrigens...
... wie weit kann ich als Geist eigentlich die reale Welt beeinflussen?
RUPF
Sieht das jetzt...
... für Lebende so aus, als würde die Blume in der Luft schweben?
Nein.
Was du gepflückt hast, ist ein imaginäres Abbild.
Die wahre Blume wächst noch immer dort in der Erde.
Hä?

Geister können physisch nicht auf das Diesseits einwirken.
Wenn sie Materie bewegen, bleibt es vor den Augen der Lebenden verborgen...
... denn in Wirklichkeit wurde nichts bewegt.
Außerdem können sie Lebende nicht berühren.
SSST
Das heißt...
... ich kann Oma auch nicht berühren.
Bei Lebenden, die eine Last betrifft, ist das anders.
Aber nachdem die Last beseitigt ist...
... können auch sie dich nicht mehr sehen oder anfassen.
Verstehe.
Das ist also wirklich der endgültige Abschied.

Ja.
Was für ein Mensch war Taki Fukushima?
Hä? Du fragst doch nicht aus Interesse, oder?
Gut erkannt.
Das gehört zum Job.
Ich muss das fragen.
Ich glaube, sie war insgeheim...
... mein Vorbild.
Meine Eltern kamen oft spät nach Hause...
Bis ich auf die Mittelschule ging, aß ich immer bei meiner Oma zu Abend.
Meine kleine Cousine war auch da, aus dem gleichen Grund.

Sie heißt Natsu und ist echt ein quietschlebendiges ...
... fröhliches Mädchen...
Keinen Vortrag über deine Cousine. Das gehört nicht zum Job.
Oh, okay...
Oma trug immer...
... ein sanftes Lächeln.
Und die Worte, die sie beiläufig zu mir sagte...
... machten mir immer unglaublich Mut.
Oh...
... ich glaub, ich weiß, was auf mir lastet.
Gut, dann bringen wir es rasch hinter uns.

Hotaru...
... bist du das?
Oma...

Du bist also wirklich aus dem Kranken-haus entlassen worden.
FWUPP
Ich freu mich...
... für dich...
Ich hab dich so vermisst!

Hotaru...
... bist du's wirklich?
Ja.
Ich komm dich als Geist besuchen.
Als Geist?
Mhm.
SWPP
Bitte entschul-dige, dass ich vor dir gegangen bin.

Ich hab dir immer…
… nur Umstände gemacht.

Du...
... hast so viel für mich getan...
... und ich konnte dir nichts davon zurückgeben.
Es tut mir leid.
Ich wollte mich bei Oma entschuldigen.
Ich glaube, das hat mich belastet.

Aber was redest du denn?
Du hast mir niemals Umstände bereitet, mein Kind.
Im Gegenteil, ich muss mich bei dir bedanken.
Du weißt ja gar nicht, wie sehr mir …
… deine herzensgute Wärme geholfen hat.

All deine Worte an mich...
... und all die Erinnerungen mit dir...
... sind meine größten Schätze.

Ach ja...
... ich möchte dir etwas geben, Hotaru.
Ist das nicht...?
Als du noch in der Grundschule warst, hast du dir doch...
... von deinem Taschengeld eine ähnliche Spange gekauft...
Die will ich haben!
Hä?!
... aber dann hast du sie Natsu überlassen.

Ich dachte mir, dass du mir mit der Spange sicher nacheifern wolltest.
War das so offensicht-lich?
Das bedeutet mir sehr viel, aber ich kann sie...
... leider nicht mehr...
Nimm sie ruhig an.
Das Ding an sich bleibt ohnehin im Diesseits.
Ähm...
... dann darf ich sie echt haben?

Ja…
… sie steht dir sehr gut.
Ich wünschte, ich könnte dich…
… auch weiterhin sehen…
… aber jetzt heißt es wohl Abschied nehmen.
…

Nicht.
Nicht weinen.
Nicht weinen.
Oma macht sich sonst nur unnötig Sorgen...
... und Kuro sieht auch zu.
Nicht! Ich muss aufhören!
Dabei konnte ich mich doch die ganze Zeit so gut zurückhalten!
Uh...
Uah...

Es tut mir leid...
... Oma!
Es tut mir so leid!

PWA
A
Was…
Was ist jetzt los?
Ich leuchte ja!
Das bedeutet, dass die Seelenlast nun beseitigt ist.
Aber dann…
»Nachdem die Last beseitigt ist, können auch sie dich nicht mehr sehen oder anfassen.«
Nein, Moment!
Ich…
Ich will ihr doch noch so viel sagen!

Hotaru, hör mir zu.
Ich habe zum Schluss noch eine Bitte an dich.
Du bist zu so einem lieben Mädchen herangewachsen.
Du bist voller Rücksicht für andere...
... und stellst dich selbst immer hintan.
Doch bitte...
... denke in Zukunft auch öfter an dich selbst.

Ich weiß, es fällt dir schwer zu zeigen, wenn du Kummer hast…
… aber nimm ab und zu deine eigenen Gefühle wichtiger.
Auch um deinen Liebsten zu zeigen, was sie dir bedeuten.
Hä? Was meinst du damit?
Und eines noch.
Ah…! Halt, Moment!
Oma…!

Danke, dass du auf die Welt gekommen bist.

HA
O...
Oma?
Ah, du bist wach.
Was ist los?
Du bist so blass.
Bist du erschöpft?

Hotaru Morino...
Wer hätte gedacht, dass es unter euch Menschen...
... auch jemanden wie dich gibt?
Zumindest in deinem Fall dürfte das...
... was du gestern gesagt hast, wohl der Wahrheit entsprechen...
... Hotaru.
»Ich bin glücklich, wenn meine liebsten Menschen glücklich sind.«
Keine Sorge.
Taki Fukushimas Traurigkeit ist schon verflogen.
Hä?
Ich habe dir doch gestern erklärt, wie es abläuft.

Ihre Erinnerungen an die Zeit mit dir während der Aufarbeitung der Seelenlast wurden gelöscht.
Aber ...!
Dann ...
... hat sie alles, was wir eben ...
Ja, sie hat das gesamte Gespräch vergessen.
Vermutlich sitzt sie gerade gemütlich in der Badewanne.

KLATSCH
KLATSCH
Damit ist deine erste Seelenlast beseitigt.
Herzlichen Glückwunsch.
KLATSCH
Nun komm, nur nicht gehen lassen.
Du hast noch zwei weitere Lasten zu klären.
GWTT
Die betreffenden Personen sind...

Shiori Yamamoto...
... und Ren Otaka.
Ganz recht.
Überlege schon einmal, mit wem du morgen anfangen möchtest...
... und worum es gehen könnte.
Ich erstatte jetzt meinen Vorgesetzten Bericht.
Also bis morgen.

»Sich mit seiner Last zu beschäftigen, bringt nur Schmerz.«
»Wir sind und bleiben für immer allein.«
Wie kannst du nur so ruhig bleiben?
Ich bin überhaupt nicht ruhig.
Ich hab die ganze Zeit verborgen, wie sehr meine Hände zitterten.
Eine schöne Erinnerung nach der anderen...
... zieht an mir vorbei...

特製
たこやき
チョコバナナ
... und zeigt mir all die Versprechen...
... die ich nicht mehr einhalten kann.
»Lass uns nächstes Jahr wieder herkommen.«
Nachdem ich meine Seelenlast losgeworden bin...
... tut mir das alles sogar noch viel doller weh.
Ich hätte sie noch viel öfter besuchen sollen...
... solange ich noch am Leben war.
Ich vermisse sie so...

Vergiss mich doch nicht.
Mach doch deine Worte an mich...
... nicht einfach so ungeschehen!
Wieso muss ich diesen Abschied ganz allein auf mich nehmen?
Wie bin ich bloß auf die Idee gekommen...
... dass ich glücklich wäre, wenn sie glücklich sind?

»Bitte denke in Zukunft auch öfter an dich selbst.«
»Nimm ab und zu deine eigenen Gefühle wichtiger.«

Am dritten Tag zur Aufarbeitung ihrer Seelenlasten...
... verschwand Hotaru Morino.

Takis erster Bubble Tea

ZASCH
SPRATZ
Kapitel 4
FFT

Fleißig bei der Arbeit, wie ich sehe.
STAPP
Willst du nicht auch ein wenig für deine Kollegen übriglassen?
Ach, du bist es.
Was willst du?
Verdien dir deinen Lebensunterhalt gefälligst selbst.
Da hast du ja ein ganz schönes Gemetzel angerichtet.
Nur weil dir dein Schützling davongelaufen ist…
… musst du doch nicht gleich so wild werden.

Es ist nichts Neues, dass Geister stiften gehen.
Stimmt natürlich...
Aber ist ihr Fall nicht etwas... speziell?
Was, wenn sie von einem Phantom gefressen wird?
Oh, aber dir...
... ist ja ohnehin vollkommen scheißegal...
... was aus den dir ach so verhassten Menschlingen wird.
So egal, dass du sie in deinen frühen Tagen noch haufenweise abgeschlachtet hast.

SWP
Mach lieber deine Arbeit, anstatt hier he-rumzustehen.
Und ich erledige die meine.
Ich übernehme die volle Ver-antwortung für Hotaru Morinos Sicherheit.
STAPP
Wie untypisch für ihn...
... dass er sich mal den Namen eines Geists merkt.

Kapitel 4
MORI
DIDI GROUP
RUBB
Hng...
Ich bin kurz ein-genickt.
Es ist schon Morgen?

Ich bin...
... aus dem Obdach weggelaufen.
Entschuldige, Kuro.
Aber...
... in dem Moment ist mir klar geworden...
... dass er echt keine Ahnung von menschlichen Gefühlen hat.
Wenn ich ihm sage, dass ich mit der Sache nicht weitermachen will...
... wird er das sicher nicht verstehen.
Ich kann nicht länger dort bleiben.
Aber wo ich jetzt hin soll, weiß ich auch nicht.
SWT
Wah!

T...
Tut mir lei...
SSST
Ach ja. Niemand...
... nimmt mich mehr wahr.
Das Gefühl kenn ich noch gut.
Das ist wie damals.

Doch...
... zwei Menschen gibt es auf dieser Welt...
... die mich bemerken.
Ich vermisse sie.
Ich vermisse sie so sehr.

Aber falls ich sie tref- fen sollte...
... und mich von der Seelenlast befreie...
... dann werde ich sie nie wieder...
Hey.
Hä?
W...Wer bist du?
PSSST!
Sei leise.

Sieh dich mal unauffällig um.
Was?
Ein Phantom!
Der verfolgt dich schon ’ne ganze Weile.
W…Was soll ich denn jetzt…?
Nur mit der Ruhe.
Bereit für einen kleinen Sprint?

BWAMM
Puuh... Na bitte!
Den hätten wir abgeschüttelt.
HFFF HFFF
D... Danke...
Jetzt kannst du dich entspannen.
Das Dach hier ist von einem Bannkreis gegen Phantome umgeben.
Hat jedenfalls mein Seelenführer gesagt.

Ihr Seelenführer?
Ähm, bist du etwa…
… ein Geist?
Yes!
Ich heiße Kyoko. Freut mich.
Ach was?
Heute ist der vierte Tag deiner Mission?

Und jetzt bist du davonge-laufen?
Ja, genau.
Da hast du ja lang gewartet.
Hä?!
Ich bin gleich am ersten Tag abgehauen.
Im Ernst?!
Wow, so ganz ohne zu zögern?
Manche Seelenlasten lassen sich eben auch beim besten Willen einfach nicht aus der Welt schaffen.
Aber für solche Feinheiten hat mein Seelen-führer kein Verständnis.
Und darf ich fragen, der wievielte Tag es bei dir ist?
Tjaaa, gute Frage. Keine Ahnung.
Du musst übrigens nicht so höflich sein.

Mich wundert aber, dass du mit drei Leuten was klären musst.
Bei mir ist es nur eine Person. Muss wohl bei jedem anders sein.
Und? Wie sind deine Leute so?
Hä?
Oh, sorry.
Bin ich zu aufdringlich?
Ich hab bis jetzt nur noch keinen anderen Geist getroffen, und hab gehofft...
... wir könnten Freundinnen werden.
Ich...
Ich hatte echt Angst, wie's weitergehen soll.
Also bin ich auch wahnsinnig froh, dass ich dir begegnet bin.

Uff!
ZING
Hä? Was hast du?
Das ging grad mitten ins Herz.
Du sprühst ja vor unbewusstem Charme.
?
Ist deine Last auch unlösbar?
Nein, das nicht…
… aber ich weiß nicht, worum's geht.
Aber es betrifft deine Freundin und den Jungen, in den du verliebt bist, oder?
Mhm.
Hat lieb
Beste Freunde
Hat ihr Kyoko aus der Nase gezogen.
Tja, dann…
Vergessen wir mal das Mädchen.
Bei dem Jungen dürfte die Sache wohl klar sein.

Du musst ihm deine Gefühle gestehen, was sonst?
Ah...!
D...Das kann nicht... sein.
Shiori soll doch mit ihm glücklich werden.
Aber weißt du...
... wir sind längst tot.

Sei ehrlich zu dir selbst und tu, wonach dir ist!
Sie vergessen es doch so-wieso wieder alle!
Der eigentliche Sinn von dieser Aufarbeitungs-mission ist doch...
... dass du diese Welt mit einem guten Gefühl verlassen kannst.
Und du... willst du das nicht?
Reden wir nicht von mir!
Jetzt geht's um dich!
GWTT

Was für ein Typ ist denn dein Liebster so?
Nimm wen von da unten als Beispiel.
Hmm...
Oh! Der da ähnelt ihm irgendwie!
Hm? Wen meinst du?
Den mit dem Kapuzenpulli...
Moment mal...
Ren?

Hotaru...?
Echt jetzt?!
Oh Mann...
Wenn du keine Einbildung bist...
... dann rühr dich nicht vom Fleck...
... bis ich bei dir bin!

TROMP TROMP TROMP TROMP TROMP TROMP
Er ist gleich da!
Hörst du nicht, wie er die Treppe raufdonnert?!
Du darfst trotzdem nicht runterspringen!
Nein, nein, nein! Lass mich los, Kyoko!
Willst du etwa mit raushängenden Eingeweiden rumlaufen?!
Geister können zwar nicht sterben, aber sich immer noch verletzen und Schmerzen spüren!
Solang du deine Last nicht klärst, könnt ihr doch problemlos zusammen sein!
Aber ich will ihn nicht sehen!
Denn sonst… Denn sonst…!

BWAMMM
Hotaru
...!

Hotaru, bist du’s echt?
Ren?
Ist das ein Traum?
Nein, ich bin’s…
Aber ich bin ein Geist.
Ein Geist?
Warte…
Nein.

GNNN
Ich hab dich so vermisst.
Mir ist völlig schnuppe...
... ob das ein Traum ist oder du ein Geist bist.
Ich bin einfach nur so froh, dich zu sehen.

Ich...
Ich auch.
GNN..
Dann lass uns was zusammen machen!
Okay!

Hä?!
TIIING
Hey, nette Unbekann-te!
Darf ich dir Hotaru entführen?
Na klar doch!
Komm mal wieder vorbei, Hotaru!
Ähm, aber…
Dann auf zu unserem ersten Date!
Kleiner Scherz! ♡
Ich werd verrüüüüü-üückt!!!

BOWLING
AMUSEMENT
DARTS
BILLIARD
Du weißt schon…
… dass wir hingehen können, wohin du möchtest, oder?
Ist das hier echt okay für dich, Hotaru?
J…Ja!
Wir waren ja auch oft zu dritt hier!
Wenn du nicht zu deiner AG musstest.
IN
Was Besseres ist mir nicht eingefallen!
War das vielleicht ein Fehler? Außerdem hab ich noch die Schuluniform an…
Na, wenn das so ist…
Ich hätte gedacht, dir wär ein ruhigerer Ort lieber.

Ich hab schon befürchtet...
... dass wir dich jedes Mal gegen deinen Willen hierhergeschleppt hätten.
Mit euch beiden zusammen...
... hatte ich immer Spaß, egal wo wir waren.
Ja, und genau deswegen...
... krieg ich auch solche Gewissensbisse, dass ich ohne Shiroi mit Ren unterwegs bin.
HNNNG
Von einem guten Gefühl kann keine Rede sein, Kyoko!
Doch es gibt einen Grund, warum ich ihr nicht unter die Augen treten kann.
Was ist?
Soll ich Shiori fragen, ob sie auch kommt?
Ich...
Ich würde sie schon gern sehen, aber...

Weißt du...
... die Erinnerungen an meinen Tod sind ziemlich verschwommen...
... und ich glaube...
... wir haben uns kurz davor gestritten.
Es beschäftigt mich schon die ganze Zeit.
Das war das erste Mal, dass ich diesen Blick bei ihr sah.
Das hatte es vorher noch nie gegeben.
Aber...
... egal, wie sehr ich es versuche, ich erinnere mich nicht...
... warum...
... Shiori in dem Moment so wütend war.
Ren, kannst du mir nicht sagen, was los war?

Nö, verrat ich nicht.
Hä?
Ach was, nur ein Scherz.
Ich erinnere mich auch nicht.
Der Unfall hat mich ziemlich geschockt.
Ja, richtig.
Ren musste immerhin den Tod einer seiner besten Freundinnen mitansehen.
Tut mir leid.

Mensch, guck doch nicht, als ob du grad auf 'nem Begräbnis wärst!
Wer von uns ist denn hier der Geist?
PATSCH
Hirks!
PATSCH
Wo wir uns schon mal über den Weg gelaufen sind...
... müssen wir den Tag doch genießen!
Lass uns einfach noch mal richtig Spaß haben!
SPORTS & ENTERTAINMENT
LOGIN0

SKATE
DARTS

DO
Spinn ich, oder hab nur ich hier die beste Zeit meines Lebens?!
Kraftprotz Nr. 1
Neuer Rekord
RÜTTEL RÜTTEL RÜTTEL RÜTTEL
Macht s dir auch wirklich Spaß?!
J...Ja, klar! Total!
Ich bin schon zufrieden, wenn ich Ren so ausgelassen erleben darf.
Na, weißt du...
... du machst immer alles still mit und hast nie irgendwelche Wünsche.
Darum wollte ich heute...
... mal was unternehmen, was dir gefällt.
DRÖPP

Aber ich bin echt zufrieden damit, wenn ihr beide...
Das ist ja süß.
»Mach doch deine Worte an mich nicht einfach so ungeschehen!«
»Vergiss mich doch nicht.«
HUCH
Ach ja, ich sollte es doch seit gestern besser wissen.
Wenn's drauf ankommt, dann bin ich...
Es zählen für mich nicht nur die Gefühle der anderen.
Hör mal, Hotaru...
... du darfst ruhig auch mal egoistisch sein.

Weißt du...
... deine liebe Art war echt die Rettung für mich.
Was?
Vermutlich viel mehr, als du dir vorstellen kannst.
Und deshalb...
... möchte ich dir auch eine Freude machen.
Rental Shoes
SMOKING AREA
返却用

Ren...
Dabei warst du doch die ganze Zeit meine Rettung...
... einfach, indem du bei mir warst.
Alles okay? Ist dir schwindlig?
Das war knapp!
Darf ich wirklich noch mehr verlangen?
Ähm...

Dann möchte ich das Häschen da haben!
MERUN!
Preis A
Preis B
Preis C
Okay!
BATTING
Halt, halt, halt! Moment!
4
Schlagkäfig
120 km/h
Fixe Geschwindigkeit
Schlagraum rechts & links

Ich dachte, das wär ein Gewinn aus einem Greif-automaten!
Schlag einen HOMERUN!
10/1 ~ 10/20
Tolle Preise ab 120 km/h!
Preis A
Preis B
Es ist ein Preis für einen Homerun.
Oh.
Hast du überhaupt schon mal Bälle abgeschlagen?
Dein Griff ist falsch.
Das ist das erste Mal!

Fällt mir jetzt erst auf!
Moment mal, als Geist sollte ich doch im Dieseits gar nichts anfassen können, oder?
Aber Omas Haarspange konnte ich ja auch berühren.
Ich frag mich, wie das für Ren wohl gerade aussieht.
Vielleicht kann ich den Schläger halten, weil ich mit ihm zusammen...
FWUSCH
HUAH
I...Ich glaube, das ist doch etwas zu schwierig für...
Kampfgeist ist alles!
Nicht aufgeben!
Ich zeig dir auch, wie's geht!

Ha!
Uwaaaah!
Du bist viel zu verkrampft.
Versuch dich zu entspannen.
Na, der ist gut!
BDUMM
BDUMM
BDUMM
Ich bin ein Geist und trotzdem klopft mein Herz wie wild!
FWOSCH
Hieks!
B…B… Bitte lass nicht los.
Oh! Ein Wunsch aus deinem Mund?
Jaja, bitte bleib einfach nur hier!
BOUM BOUM BOUM BOUM BOUM BOUM

Keine Sorge! Verlass dich auf mich!
Pass auf, da kommt der nächste.
Schau auf den Ball!
Und jetzt voll durchschwingen!

ホームラン!
HOME RUN!
HIT
HIT
KIIING

Shinya Oyama

Alter zum Todeszeitpunkt: 38 Jahre
Todesursache: Verkehrsunfall
Seelenlast:
Der Wunsch, sein Lieblingsidol im Nippon Budokan* zu sehen. War zu Lebzeiten ein einfacher, anständiger Idol-Fan, der zum Phantom wurde, weil er die Karriere seines Lieblingsidols weiter treu mitverfolgen wollte. Leider ging seine ursprüngliche Persönlichkeit mit der Zeit verloren.

* Kampfsporthalle in Tokyo, die auch für Konzerte genutzt wird

Kapitel 5
INUJUN

Aaach, das war toll!
Unter der Woche ist dort tagsüber ja echt wenig los.
Als hätten sie nur für uns aufgemacht.
So ist das eben hier in der Provinz.
Aber ich hätte niemals gedacht, dass ich einen Homerun hinkriege.
Danke.
Willst du als Nächstes die 120 km/h mal allein probieren?
Ähm, lieber nicht.

Na, dann versuchst du’s eben mit ’nem 80-km/h-Ball!
Und nächstes Mal auch mit einem leichte-ren Schläger!
Nächstes Mal…
Wird’s überhaupt ein nächstes Mal geben?

Sicher.
GNN
Ich hab noch nicht angefangen zu leuchten.
Meine Seelenlast ist noch nicht geklärt.
Aber das heißt...

... dass es wirklich darum geht.
»Du musst ihm deine Gefühle gestehen, was sonst?«
Irgendwie hatte ich es ja geahnt.
Genau deswegen wollte ich ihn auch nicht sehen.
Wenn ich Ren sage, was ich empfinde...
... mach ich ihm das Leben nur unnötig schwerer.
»Tu, wonach dir ist!«
»Sie vergessen es doch sowieso wieder alle!«
Trotzdem hab ich Angst davor!
Ich fürchte, sobald ich es ausspreche...

... könnte es zu einem Fluch werden...
... der einen Schatten auf ihre gemeinsame Zukunft wirft.
Hotaru...
... darf ich deine Hand nehmen?
Was?
J...Ja.
Sonst fällt er mir doch auch immer einfach so um den Hals...

HIBBEL
Es ist nicht so, wie ich denke.
Seine Berührung fühlt sich irgend-wie anders an.
Hotaru...

Deine Hand ist so warm.
Dabei bist du doch ein Geist.
SST

Ich habe Ren...
... noch nie weinen sehen.
Tut mir leid.
Das ist nur meine Schuld.
Deine ist ein bisschen kühl.
Geht's...
... oder ist dir kalt?
Mann ey...
Du änderst dich echt nie.
Selbst als Geist bist du immer noch so lieb.

Als mir klar geworden ist, dass ich dich nie wiedersehen würde…
… dich noch ein einziges Mal zu berühren.
… war alles, was ich wollte…
Aber das reicht einfach nicht.
Jetzt, wo du wieder bei mir bist…
… will ich, dass du noch viel, viel länger bleibst.
Das darf nicht das Ende sein.
Ich wollte doch noch …
… so viel mit dir unternehmen.

Ich dachte ...
... wir müssten nie-mals Abschied nehmen.
Ich hab geglaubt ...
... du würdest für immer an meiner Seite sein.

Ich werde überwältigt...
... von Schuldgefühlen, von Bedauern ...
... und ...
Sorry.
Ich kann's nicht besser ausdrücken.
Eigentlich wollte ich dir...
... doch noch so viel mehr sagen.
Darf ich dich umarmen?
Ich möchte nicht, dass du mein verheultes Gesicht siehst.
Ja...
... okay.

Es tut mir leid...
... Shiori.
Bitte verzeih mir.

Meine Gefühle sind so stark geworden...
... dass ich sie nicht mehr ignorieren kann.
Ich bin...
... einfach hoffnungs-los...
... in ihn verliebt.

Aber...
SWT
GWPP...
Hm?
... sollten diese Gefühle aus mir herausbrechen...
... dann müsste ich Lebewohl sagen.
Entschuldige, mir fiel...
... nur grad ein, dass ich total verschwitzt bin.

Echt?
Das stört mich nicht.
WPP
SCHNÖFF SCHNÖFF
Waaaaaah!
Was machst du denn?!
Du riechst nach Rosinenbrot.
Das riecht doch säuerlich!
GEH WEG!
Hab...
... dich...
... ge...
...fun...
...den!

Ho...
...hooh!
Ich hab dich überall gesucht...
... Mädchen!
Wa...
Was zum Teufel ist das denn?!
STAPP
Das Phantom von heute Morgen!
Es hat mich verfolgt!
Aber...
Kannst du es etwa auch sehen, Ren?!
Oh ja, ich seh's!
Etwas, was ich lieber nicht gesehen hätte!
Besser...
GWAPP

... wir hauen erst mal ab!
PLOFF
GRÜÄÄÄH

Nicht!
Lass mich runter, Ren!
Red keinen Quatsch!
Dich würde das Monster doch sofort erwischen!
I... Mist-kerl!
Ich hab sie...
... zuerst angesprochen!
Geht's noch?!
Ich war ja wohl ganz klar zuerst da!
Stachel es nicht auch noch an!
Mach die Fliege, du Traumtänzer!

Au!!!
FWUATSCH
Ren!
Verdammt, was soll der Mist?!
Ich schwör's, das Drecksmonster kann noch was erleben!
Oh nein, es hat uns gleich eingeholt!
Tut mir leid, Ren...
Hä?

... aber darf ich mal kurz egoistisch sein?
BWASCH

Hotaru ...!
ZAP
PLOSCH

Hey!
Hey!
Komm zu dir!
Nng...
Ku...
Kuro?
HUCH

Was ist mit Ren?!
WAPP
Ihm geht's gut.
Und das Phantom habe ich ausgetrieben…
… bevor es entwischen konnte.
Ach, dann ist ja gut…
Was?!
Nichts ist gut!
Hast du den Verstand verloren…
… dich mit einem Phantom zusammen von der Brücke zu stürzen?!

BWAMM
Bist du so wild darauf, gefressen zu werden?!
Ist dir denn deine Seele über-haupt nichts wert?!
Ich würde einfach alles riskieren für jemanden…
… der mir so viel bedeutet.
Wa…?

Nur, damit du es weißt...
Dass ihr Geister die Flucht ergreift, ist für uns nichts Unerwartetes.
Also ließ ich dich durch einen Hilfsgeist beobachten...
... und für den Fall, dass ich nicht rechtzeitig eingetroffen wäre...
... habe ich die Haarspange mit einem Spruch zur Phantomab-wehr belegt.
Aber so einen unberechenbaren Menschen wie dich habe ich noch nie erlebt.

Als ich das verlassene Obdach sah...
... fühlte ich mich auf gewisse Weise erleichtert.
Gut möglich, dass sie genug von der Beschäftigung mit ihren Seelenlasten hatte...
... oder sie ihre Angst vor dem Tod bis dahin einfach nur verborgen hatte.
Oder vielleicht auch beides...
Ich habe wie immer nichts davon bemerkt.
Menschen sind eben doch nur...
... auf ihre eigenen Interessen bedacht.
Auch sie...
... ist keine Ausnahme.

Und trotzdem...
Hör mal, es tut mir echt leid, Kuro...
... dass ich dir solchen Ärger gemacht hab.
W...Was hast du?
Oh, hast du dich auch nicht verletzt?

はあ
HAAAACH
Du bist mir ein absolutes Rätsel.
Streck deine Hände aus.
WPP
?
O...Okay!
BIWUOOONN
Meine Hände sind wieder heile.
Und meine Kleidung ist auch wie vorher.
GWP
GWP
Danke...
Wie kann einem jemand anderes...
... wichtiger sein als man selbst?

Bringst du es wirklich nicht über dich...
... deine Angelegenheiten mit Ren Otaka und Shiori Yamamoto zu klären?
ぱっ
SWPP
Nein...
Aber... wär das überhaupt in Ordnung?
Hotaru...
SWT
ス

... ich möchte dich verstehen.
Hä?
Ich möchte wissen, was für ein Mensch du bist.

Ge…
Gehört das auch wieder nur zu deinem Job?
MISS-TRAUISCH
Was soll denn dieser Blick?
Nein, ich frage aus persönlichem Interesse.
Ich bin selbst verwundert…
… woher dieser Drang auf einmal kommt.
Und dann muss mir das…
… auch noch bei so einem jungen Ding passieren.
STICHEL
STICHEL
Oh Mann…
Was soll ich davon halten?
…
Ich bin froh, dass du nicht schlimmer verletzt wurdest.

Ich...
... bin nicht so ein toller Mensch, wie du es dir vielleicht erhoffst, Kuro.
Ganz und gar nicht.
Hotaru!
Komm doch mal kurz!
Zwei Jahre zuvor
Hotaru Morino, 9. Klasse Mittelschule
Was denn?

Kapitel 6

Bis zur 9. Klasse...
... gab es vieles in meinem Leben, das mir etwas bedeutete.
Von klein auf war meine große Stärke...
... sofort zu spüren, was andere von mir erwarteten.
Ich wollte gelobt werden...
... also tat ich immer sofort, was meine Eltern sagten.
Im Kindergarten aß ich...
... das Gemüse meiner Freundinnen auf, wenn sie es nicht mochten.
In der Grundschule...
... übernahm ich freiwillig den Putzdienst von anderen.

Ich war einfach glücklich, wenn alle um mich herum lächelten...
... und ich das Gefühl hatte, gebraucht zu werden.
Und ich wollte mich bei niemandem unbeliebt machen.
Und?
Auf welcher Seite stehst du jetzt, Hotaru?

Ähm...
Ich seh dich immer nur dämlich grinsen.
Was soll das eigentlich?
Hast du keine eigene Meinung, oder was?
Hmm, na ja...
... auch wenn ihr nicht einer Meinung seid...
... finden wir doch sicher einen Kompromiss.
Zum Beispiel ...
Weißt du was? Wir haben genug von dem scheinheiligen Mist.

Ich hab mir das schon x-mal gedacht, aber hör auf…
… ständig bei jedem auf nett zu machen.
Das nervt.
Echt. Wie verzweifelt kann man sein?
Aber so ist das eben, wenn man bloß eine Schleimerin ohne eigene Persönlichkeit ist.
Kaum hatten beide Gruppen eine gemeinsame Feindin gefunden…
… verstanden sie sich auf einmal bestens.
Ab dem Moment…
… wurde ich wie Luft behandelt.

Hino
Hamada
Murayama
Morino
Was heißt, ich war gut darin zu spüren, was andere fühlten?
Was heißt, ich wollte andere lächeln sehen?
In Wahrheit...
... stimmte das alles schon lange nicht mehr.
Wenn mich jemand erwartungsvoll ansah...
... schnürte sich mir der Hals zu.
Doch ich dachte, das mache nichts, solange ich gebraucht würde.

Aber so...
Niemand hilft mir.
Erleichterung fand ich nur...
... bei meiner Oma, die einfach lieb zu mir war, ohne mich zu bedrängen.
Aber sobald ich auch nur einen Schritt nach draußen trat...
... hatte ich das Gefühl, völlig isoliert vom Rest der Welt zu sein.

Am Ende hat mich also...
... niemals irgendjemand wirklich gebraucht.
Und dann begriff ich.
Es gab nichts an mir...
... das von Wert war.
Im Frühling ...
... wechselte ich auf eine etwas entferntere Oberschule...
... auf die niemand aus meiner Mittelschule ging.
Eintrittsfeier
Oberschule

Wir bitten die neuen Schülerinnen und Schüler, in die Aula zu kommen.
Hey, lang nicht gesehen!
Uwah, hast du mich erschreckt!
Das ist ja 'n Ding!
Hätte nicht gedacht, dass du die Prüfung für die Bude hier bestehst.
Boah, ganz schön fies von dir!
Das sagt genau die Rich…
TOFF
Uwah!
Oh, sorry!
Ah…
Ähm…
Nanu? Was sagt man in so einem Moment noch mal?

Die ist ja schräg drauf.
Nicht, sie kann dich doch hören.
Gehen wir.
Ah...
»Aber so ist das eben, wenn man bloß eine Schleimerin ohne eigene Persönlichkeit ist.«
TAUMEL
...

Hoppla!
Das war knapp!
Alles okay? Ist dir schwindlig?

Hey, Ren!
Was ist denn los? Wieso stürmst du denn plötzlich…?
Oje, ist alles okay?!
Du hast ja ganz blasse Lippen!
WAPP
Ah, ähm…
Mir… geht's gut.
Tut mir leid, dass ich…
Sei mal still.
WTT

Jap, echt süß!
Mensch, du hast ja Nerven, einer Unbekannten gleich mit so einem Vorschlag zu kommen.
TRÄN
Oh, der ist übrigens ganz neu!
Also keine Sorge!
Willst du ins Krankenzimmer?
Ich nehm dich auch Huckepack, wenn du willst.
HIRKS

WAAAAH
Na, siehst du, jetzt haben wir die Bescherung!
Tut mir leid! Er ist eben nicht der Hellste und einfach ein unverbesserlicher Gorilla!
Ja, genau! Ich bin echt kein so übler…
Moment mal, was? Na, vielen Dank aber auch!
N… Nein!
Tut mir leid…
… es ist nicht so, wie ihr…
GNN
Wollt ihr beide…
… vielleicht mit mir befreundet sein?

Ich brauche nicht viele Schätze in meinem Leben.
Ich bin zwar völlig wertlos ...
... doch zumindest von diesen beiden möchte ich gebraucht werden.
Herzlichen Glückwunsch zum

Entschuldige.
Jetzt bist du sicher enttäuscht.
Meine Geschichte ist genauso gewöhnlich…
… und unspektakulär wie ich.
Alle halten mich für so nett und liebenswürdig.
Aber das stimmt nicht.
Ich hab bloß Angst davor, allein zu sein.

Ich bin schwach und erbärmlich.
Ich bin genau wie die anderen Menschen, mit denen du bis jetzt zu tun hattest.
Ha...
Du hast recht.
Du bist in der Tat zerbrech-lich.
Doch...

... du besitzt die anmutige Güte, für andere verwundet zu werden.
Schon eigenartig, wo du doch nun tot...
... und alleine bist.

Zudem wirst du ...
... durch deine Empfänglichkeit für die Gefühle anderer ...
... bestimmt vielen Menschen eine rettende Unterstützung gewesen sein.
Ich habe diese Fähigkeit nicht ...
... und andere Menschen vermutlich auch nicht.
Das ist eine besondere Gabe.
Wie oft hab ich mir diese Fähigkeit schon gewünscht?
Ich beneide dich darum.

Sei stolz auf dich, Hotaru.
Du bist etwas Besonderes.
Zumindest in meinen Augen.

Danke… schön.
Das hat mir noch nie jemand gesagt.
Zum ersten Mal…
… hab ich das Gefühl, dass nicht alles…
… umsonst war.
Ähm…
T… Tut mir leid, bitte guck mich nicht an.

Dein verheultes Gesicht hab ich nun schon oft genug gesehen.
Ich föhn dich mitsamt deiner Rotznase trocken.
BWOOO
Uwah! Super für die nassen Sachen...
... aber das brennt in den Schrammen!
Aua!
Sei nicht so wehleidig.
Seine Gesichtsausdrücke...
... und Worte bringen mich etwas durcheinander.
Und er macht mich neugierig.
Ich frage mich, was er denkt...
... und was er bei seiner Arbeit als Seelenführer empfindet.
Er beneidet mich?
Wieso?
Er klang bitter, als er...
... über Menschen gesprochen hat.
Aber in seinen Worten lag mehr Traurigkeit als Hass.

Ob da irgendwas vorgefallen ist?
Du siehst einigermaßen trocken aus.
Nur eines sage ich dir gleich.
Geister, die es nicht hinkriegen, sich von ihren Lasten zu befreien...
... sind nichts weiter als eine Plage.
Das wirkt sich auf meine Beurteilung aus!
GRRRP
Urch, tut mir leid...
Wirst du etwa bewertet wie ein Firmenangestellter?!
Und so häufig, wie du von Phantomen angegriffen wirst, muss ich dich...
... ständig im Auge behalten.
FWT
Dann passiert mir das also echt etwas zu oft, nicht wahr?
Warum bloß?
Ah...

Und wenn du mich be-nutzt...
... um Phantome zu beseitigen?
W...
Was?!

Du willst, dass ich dich als Phantomköder verwende?
Das kann nicht dein Ernst sein.
GWAPP
E...Es ist nicht so, wie du denkst.
Ich schlag das nicht aus Verzweiflung vor.
Und solange du bei mir bist, Kuro...
... bin ich doch sicher, oder nicht?
!
Du kommst schneller mit deiner Arbeit voran...
... und ich kann mich in der Zwischenzeit...
... seelisch darauf vorbereiten, meine Seelenlasten aus der Welt zu schaffen.

Ist doch für uns beide ein Gewinn.
...
Damit würde ich sie der Gefahr aussetzen.
Aber ich kann sie nun mal auch nicht aus den Augen lassen.
Versprich mir, dass du nie wieder so leichtsinnig bist wie vorhin.
Sonst kann auch ich dich vielleicht nicht mehr beschützen.
Ist gut.
Ich bleib ganz in deiner Nähe.

Sag mal, du bist ja auf einmal so forsch.
Hehe!
Ich wollte mal versuchen, etwas egoistischer zu sein.
Aber ich warne dich.
Daran hat sich nichts geändert.
Wenn du nach den 49 Tagen noch immer keinen Entschluss gefasst hast...
... werde ich dich austreiben.
Das ist mir klar.

Ich werde nicht mehr davonlaufen.
Zwei Wochen später
Tja...
... aber das ist schon 'ne Leistung.
Unser Angsthäschen, das sich nicht mal getraut hat, seinem Herzblatt die Liebe zu gestehen...
FEIX FEIX
... hilft jetzt also auf einmal seinem Seelenführer bei der Phantomjagd.
Uuh, dagegen kann ich nicht mal was einwenden.

Hahaha, ich mach doch nur Witze!
Scheint doch ganz gut zu laufen für so einen spontanen Plan.
Hast du gar keine Angst vor den Phantomen?
Doch.
Aber ich verlass mich auf Kuros Stärke.
Wär nur schön, wenn er sie etwas sanfter austreiben könnte.
Das Mitgefühl kannst du von einem Seelen-führer nicht erwarten.
Aber du strahlst irgendwie, Hotaru.
Was?
Anderen zu helfen…
… scheint echt ganz dein Fall zu sein.

GEISTERWITZE
Wirklich?
Wenn du mir das bloß vor meinem Tod gesagt hättest!
Vielleicht hilft's dir ja bei der Berufswahl im nächsten Leben.
Ach ja...
... ich wollte dich fragen, ob du mir auch bei etwas helfen könntest.
Aber klar! Für dich tu ich alles, Kyoko!
Du hast mir schließlich die Seele gerettet.
Wie schön...
... das freut mich zu hören.
Ich hätte sonst nicht gewusst, was ich tun soll.
KLATTER

SSLIPP
Hotaru...
... würdest du jemanden für mich umbringen?
Someday I'll Fall Asleep 1 - Ende

Sag mal, dafür, dass du schon so lange lebst, klingst du gar nicht so altmodisch.
Du sagst zum Beispiel »Job«.
Ich leb doch nicht hinterm Mond.
Meinen Wortschatz aktuell zu halten, gehört zum Job.
Dann kennst du auch aktuelle Modewörter und so?
…
Ober-affengeil?
Was soll denn der Blick?
Kennst du nicht irgendwas Neueres?
Natürlich. Das wird dich überzeugen.
Ich vibe mit dir.
Und wie genau soll mich das überzeugen?
So aktuell ist das auch nicht mehr.
Hast du das im Alltag überhaupt schon mal verwendet?
Natürlich nicht.

Special Thanks!

Mitarbeit:

Hifumi
Mio Tsutsumi
Kazuki Okino
Chiai

Redaktion:

Ryo Kagitani
Daiki Fujimoto

Umschlagdesign:

arcoinc

Unterstützung:

Wirue Kushinada
Haru
Aoi
Koto
398 ¥ (prov.)
Alle Autor*innen, die mir geholfen haben

Und an alle meine Leser*innen!

(Namensnennung in zufälliger Reihenfolge)

HARADA

ONE ROOM ANGEL

PREISGEKRÖNTER EINZELBAND

Kouki ist Anfang 30 und ein lustloser Loser, wie er im Buche steht. Eines Tages wird er bei einer Prügelei lebensgefährlich verletzt. Als er aus dem Krankenhaus entlassen wird und in seine Ein-Zimmer-Wohnung zurückkehrt, sitzt dort ein Engel und eröffnet ihm, dass er ab sofort bei ihm wohnen wird - warum das so ist, weiß dieser selbst nicht. Zwischen den beiden entfesselt sich eine ungewöhnliche und intensive Freundschaft – und nicht nur Kouki schöpft neuen Lebensmut...

Slice of Life • ab 14 Jahren
Paperback • schwarz-weiß
240 Seiten • 14,5 x 21 cm
Einzelband

HAYABUSA
www.hayabusa-manga.de

hayabusa_manga HayabusaTweets

The Gender of Mona Lisa
Alle Bände mit türkisfarbenen Elementen auf den Seiten – nur in der 1. Auflage!
Leben zwischen den Geschlechtern
Welches Geschlecht hat die Mona Lisa? War Leonardo da Vincis Modell wirklich eine Frau? Viele Mythen ranken sich um dieses Gemälde und man munkelt sogar, dass es beide Geschlechter in sich vereint…
Mit dieser Frage beschäftigt sich auch Hinase. Hinase lebt in einer Welt, in die alle Menschen ohne Geschlecht hineingeboren werden. Erst mit der Vollendung des zwölften Lebensjahrs entscheidet man sich, ob man ein Leben als Mann oder Frau führen möchte. Hinase ist schon 18 und hat sich immer noch nicht entschieden. Das ist für alle ein Problem, außer für Hinase…
The Gender of Mona Lisa
Tsumuji Yoshimura
1
HAYABUSA
SEIBETSU MONALISA NO KIMI E. © Tsumuji Yoshimura/SQUARE ENIX CO., LTD.
HAYABUSA
hayabusa-manga.de
HayabusaTweets
hayabusa_manga

»Someday I'll Fall Asleep« ist ein japanischer Manga, der originalgetreu von »hinten« nach »vorne« und von rechts nach links gelesen wird! Schlagt das Buch also »hinten« auf und blättert Seite für Seite nach »vorne« weiter! Auch die Bilder und Sprechblasen werden von rechts oben nach links unten gelesen, wie es in der Grafik gezeigt wird! HAYABUSA wünscht gute Unterhaltung!

HAYABUSA
Carlsen Verlag GmbH · Hamburg 2022
Aus dem Japanischen von Martin Bachernegg
ITSUKA, NEMURI NI TSUKU HI vol.1

Original Cover Design: arcoinc
Redaktion: Julia Liebetraut
Herstellung: Maria Niemann

ISBN: 978-3-551-62258-7